P

Ch

A

L'ILLUSION GROTESQUE,

OU

LE FEINT NECROMANCIEN,

COMEDIE.

Par Mʀ Néel Avocat aux Conseils
d'Estat & Privé du Roy.

A ROUEN,

Chez ANTOINE MAURRY, Imprimeur-
Libraire, ruë S. Lo, prés le Palais.

M. DC. LXXVIII.

AVEC PERMISSION DE LA COUR.

A
MONSIEUR
DES
GLANDES.

 ONSIEUR,

Vous me pardonnerez s'il vous plaist si

EPISTRE.

au lieu de vous preſenter le Portrait d'un
Héros tout couvert de Lauriers, je produis
un Perſonnage de bas aloy, dont les ſenti-
ments ſont entiérement oppoſez à cette gé-
néroſité qui vous eſt héréditaire : C'eſt un
Financier inſolent dupé par ſa propre in-
conduite, & châtié de ſa curioſité criminelle ; Mais j'ay crû en cela imiter les Pein-
tres, leſquels pour donner plus de luſtre à
leurs Perſonnages, les ombragent ordinai-
rement des plus noires couleurs ; ainſi cet
eſprit de bouë & de fange ne paroîtra prés
de vôtre Nom Illuſtre que pour ſa confu-
ſion ; & comme j'ay pris plaiſir à le berner,
je croiray y avoir infiniment mieux réuſſi,
ſi ſa propre turpitude peut vous diſtraire
un moment pour en condamner les maxi-
mes, & le traiter d'un mépris proportion-
né à ce haut degré de vertu que tout le
monde admire en Vous. Ce ſeroit en quelque façon faire tort à vôtre gloire de prétendre icy faire les éloges de la Maiſon
de Tere, les Actions héroïques de vos An-

EPISTRE.

restres, dont toutes nos Histoires sont
remplies depuis plus de six cents ans,
ne chantent qu'une infinité de trophées
dreſſez à leur mémoire ; La Conqueſte
d'Angleterre par le grand Duc de Nor-
mandie en eſt une preuve aſſez connuë,
& la Charge de Banneret Héréditaire
de la Province, confirment cette vérité.
La Fondation de la belle Abbaye de
Sainte Catherine de la Perrine, il y a
environ cinq cens ans, par une Catherine de Tere, fait voir que cette Maiſon n'a pas moins éclaté en Pieté que
dans les Armes. Je craindrois, MON-
SIEUR, de vous eſtre ennuyeux,
d'entreprendre dans ce petit Compliment d'en vouloir remarquer les avan-
tages, Je me contenteray de faire con-
noiſtre au Lecteur, que j'ay pour Pro-
tecteur MONSIEUR DES GLAN-
DES, dont le rare mérite & les belles
actions parlent d'eux-meſmes, & je

m'eſtimeray trés-heureux de me pouvoir
dire avec reſpect,

MONSIEUR,

Vôtre trés-humble & trés-obeïſſant
Serviteur, NEEL, Avocat aux
Conſeils d'Eſtat & Privé du
Roy.

PERSONNAGES.

PHILANDRE, Financier, Amant d'Arminde.

MASCARILLE, Pere d'Arminde.

ARMINDE, Fille de Mascarille.

PALMIRE, Amant d'Arminde.

ROSELLE, sous habit d'homme, & le Nom d'Ormin, sœur de Palmire, Valet de Chambre de Philandre.

BEATRIX, Confidente d'Arminde, & Sœur de Crispin.

CRISPIN, Valet de Palmire.

POLEMON, Nécromancien, & quatre Lutins.

UN BRIGADIER.

Quatre Rats de Cave.

UN EXEMT, & ses Archers.

La Scene est à Chaalons en Champagne.

L'ILLUSION

L'ILLUSION GROTESQUE,

OU
LE FEINT
NECROMANCIEN.

COMEDIE.

ACTE I.

SCENE PREMIERE.

PHILANDRE, & ſes Commis.

PHILANDRE.

COMMIS, qu'en mon abſence on ait ſoin
  de la Ferme,
Et ſur tout n'épargnez perſonne aprés le
  terme ;

A

Contremarquez si bien Futailles & Ponçons,
Qu'on ne puisse de nuit rembouger les boissons.
Ne diminuez rien pour coulage ny lie,
Que d'un controlle exact la Queste soit suivie,
Et si vous soupçonnez quelqu'un d'en user mal,
Soit veritable ou faux faites Procez verbal,
N'apprehendez jamais que le Juge les casse,
Puisque nous l'appointons il faut bien qu'il les passe.
Non, le pere d'Arminde aprés tout n'est qu'un fat
De m'avoir sans raison qualifié de Rat.
Qu'il apprenne morbleu que les gens de Finance
Surpassent de beaucoup en esprit, en puissance,
Tous les autres emplois, & sans en excepter;
J'en juge par moy-mesme, & c'est sans me flater.
Qu'on parle d'Avocats, & de Jurisprudence,
Ou d'esprits consommez en toute l'éloquence,
Ils n'ont que des discours la pluspart sans raison:
Et que vaut tout cela? rien en comparaison.
A de foibles esprits ils vendent des paroles,
C'est à dire du vent & des contes frivoles.
L'employ d'un Financier est plus noble & plus beau
Que celuy d'un Conteur de sornette au Barreau:
Sa fortune est plus prompte & plus pecunieuse,
Au lieu que la chicane est longue & périlleuse,
Et la pluspart du temps il n'en vient d'autre bien
Que de vivre d'espoir & dépenser le sien.
Nous n'avons point chez nous cette sotte coûtume,
Nôtre compte toûjours est au bout de la plume.
O qu'il est plus honnête & plus avantageux
De sçavoir que de cinq ôtant trois reste deux,
On peut bien égaler & recepte & dépence,
Faire passer sans bruit la partie en souffrance,
Traiter bien à propos de quelque bon Debet,
De feintes Non-valeurs obtenir le rejet,
Se rendre en partageant les Juges favorables,

Pour passer des chansons en quittances comptables.
Voila ce qui s'appelle avoir bien de l'esprit ;
C'est enfin parmy vous à present comme on vit.
Ainsi donc Mascarille, en me prenant pour gendre,
Pour Arminde en ce choix ne sçauroit se méprendre,
J'ay du bien, de l'acquis, & je le porte beau,
Et sçais faire valoir, comme il faut, le Bureau.
Mais Ormin tarde bien, & sa longueur m'ennuye,
Sa réponce fera le bonheur de ma vie ;
Je la croy favorable, & l'espoir m'en est doux.
Le voila qui s'avance. Allez, retirez-vous.

S C E N E   II.

PHILANDRE, ORMIN, *en habit d'homme.*

PHILANDRE.

HE' bien, qu'a donc produit ta derniere ambas-
sade ?
Veut-il perseverer en sa sotte boutade,
Et cét esprit bourru sur la fin de ses ans
A-t-il pour l'interest perdu tous sentimens ?
La noble ambition d'aggrandir sa famille
L'a-t-elle pû fléchir en faveur de sa fille ?
Je connois ton génie à tourner un esprit,
Et que quand tu le veux ton projet reüssit.

ORMIN.

Vous vous mocquez, Monsieur.

PHILANDRE.

Non, j'ay, je le confesse,
En cent occasions admiré ton adresse.

A ij

ORMIN.

Quand je n'en aurois pas, un harnois si pimpant
Suffit pour réveiller l'esprit le plus pesant.
La plume sur l'oreille, & la perruque blonde,
Un Sabre, avec du cœur, m'ornent le mieux du mon-
   de.
Que dites-vous, Monsieur, de cét air dégagé?
Vous voudriez, je croy, n'estre pas plus âgé.

à part.

Je croy que de tous points je vaux bien ma Rivale.

PHILANDRE.

Mais pourquoy n'as-tu point la barbe à la Royale?
C'est-là d'un Cavalier le plus bel ornement.

ORMIN.

Je vous veux-là-dessus conter mon accident.
Un Barbier fort expert de nôtre voisinage
Remarquant que le poil gâteroit mon visage,
Et qu'en suite du temps j'en deviendrois moins beau,
Me vint faire present d'une si subtile eau,
Qu'elle pouvoit du poil extirper la racine,
Et conserver toûjours la barbe à la Dauphine.
J'en pris, & dés l'instant, comme vous pouvez vois,
Je n'ay plus eu besoin de barbier ny rasoir.
Ah ♭ d'un homme sçavant le conseil salutaire!

PHILANDRE.

Laisse-là ton barbier, parlons de nôtre affaire.
As-tu fait le détail de toutes mes grandeurs,
De mes possessions, mes titres, mes honneurs;
Quels devoirs nuit & jour le peuple me vient rendre,
Et pour m'avoir déplu, combien j'en ay fait pendre?

ORMIN.

J'en ay dit encor plus afin de l'engager,
Que tous vos sentimens n'alloient qu'à l'obliger;
Que vous avez l'humeur accorte & complaisante,
Et dans l'occasion toûjours reconnoissante;

Jufques là que j'ay dit, que s'il le vouloit bien,
Des boiſſons qu'il vendra vos gens n'en prendront
rien.

PHILANDRE.

Ormin , c'en eſt beaucoup.

ORMIN.

Mais , Monſieur, c'eſt le pire,
Car de tous vos honneurs il ne faiſoit que rire.
Ces gens-là , m'a-t-il dit, n'ont que l'éclat d'un jour ;
Un en éleve , & l'autre en abyme à ſon tour.
Ce ſont des Champignons qui ne faiſant que naître,
Dans l'eſpace d'un jour ſont preſts à diſparoiſtre :
Leur cours précipité paſſe comme le vent,
S'ils éclatent , ils ſont demain dans le neant.
On les appelle en Cour éponges ordinaires,
Qui ſont de cent grands biens ſimples dépoſitaires,
Et dont au cas urgent, ou maxime d'Eſtat,
La dépoüille s'appreſte au gré du Potentat.
Ce ſont dans le beſoin des reſources fort ſûres,
Et l'on conte pour rien ces ſortes de captures.
Qu'on ne m'en parle plus. Enfin ce vieux rêveur
Infatué du faſte & du ſot point d'honneur,
Demande un Gentilhomme, ou du moins qu'à l'armée
Son gendre ſoit en fonds d'un peu de renommée.
Croyez-vous là deſſus le pouvoir contenter ?
Vous avez tant d'eſprit , il faut encor tenter.
Aviſez promptement, l'occaſion eſt belle,
Prenez un vêtement à la mode nouvelle ;
Ne vous connoiſſant plus, vous pourrez ſans façon
Couvert d'une autre ſorte entrer dans ſa maiſon.

PHILANDRE.

Je t'entends bien Ormin, & je puis bien ſans peine
Sous un déguiſement faire le Capitaine.

ORMIN.

Ouy, cela ſe peut faire auſſi toſt qu'un Commis

PHILANDRE.

Je veux dire en prenant un habillement gris.

ORMIN.

Et quel nom prendrez-vous?

PHILANDRE.

Celuy de la Taillade,
Où quelqu'autre à ton choix.

ORMIN.

Ce nom sent la bravade;
On n'eust pû mieux choisir pour un nom d'Officier,
Ce tître relevé ne marque qu'un Guerrier.
Or puisqu'il est ainsi, Monsieur de la Taillade,
Endossez vôtre bufle, & prenez vôtre espade,
Et dans cét équipage en brave Commandant,
Allez à ce penart porter un compliment.
Vous attendray-je icy dans mon humeur guerriere?

PHILANDRE.

Non, va-t'en au logis, je ne tarderay guere.

ORMIN à part.

Amour qui m'as réduite à ce funeste sort,
Aide à mon stratagême, ou me donne la mort.

PHILANDRE retournant.

J'oublie à t'avertir d'aller tout à cette heure
Trouver le Devineur. Sçais-tu bien sa demeure?
Si tu ne la sçais pas tu peux la demander,
C'est auprés du carfour; il ne faut pas tarder.

ORMIN.

Bien, Monsieur, ça, j'y cours; mais que luy dois-je dire?
Est-ce sur vôtre hymen quelque chose à prescrire?

PHILANDRE.

Dy luy que de ma part un secret important
Fait que je veux le voir, & s'il peut à l'instant.

SCENE III.

PALMIRE, ORMIN.

PALMIRE entrant veut se retirer, ne reconnoissant pas Ormin habillé en Cavalier.

Excusez-moy, Monsieur.

ORMIN *soûriant.*

Entrez Monsieur Palmire.

PALMIRE.

Ah ! c'est toy mesme, Ormin, sans que je t'ay vû rire,
Je ne sçavois ma foy quel langage tenir.

ORMIN.

Philandre de ces lieux ne fait que de sortir.

PALMIRE.

Mais d'où vient cét habit & tout cét équipage ?
Vas-tu dans quelque Bal joüer un personnage,
Nous voicy dans le temps ?

ORMIN.

Je croy que vous rêvez ;
Est-ce le compliment que vous me réservez ?
Aprés avoir pour vous épuisé mon génie,
Du plus grand serieux vous faites raillerie.

PALMIRE.

A dieu ne plaise, Ormin, ce subit changement
M'a causé, je l'avouë, un peu d'étonnement.
Ailleurs qu'icy mes yeux n'auroient pû te connoître
Dans ce déguisement où je te voy paroître.
Je suis homme d'honneur ; ce que je t'ay promis....

ORMIN.

Brisons-là, ce n'est pas tout à fait où j'en suis.

PALMIRE.
Bien donc.

ORMIN.
Vous apprendrez que mon Maître Philandre,
Qui se veut marier, ma fait malgré moy prendre
Cette riche parure & cét habit d'honneur,
Pour estre de ses vœux l'unique ambassadeur.

PALMIRE.
Mais quel fruit en a-t il?

ORMIN.
Nommant le personnage,
Le prétendu beaupere a tourné le visage,
Et m'a dit, ouy, Monsieur, je vous suis obligé,
Mais ma fille à l'hymen n'a pas encor songé.
Avecque ce succez digne de son mérite,
Au sortir j'ay repris mon chemin au plus vîte,
Pour luy venir conter cet outrageant refus;
Mais loin de s'en fâcher & d'en estre confus,
Il m'a fait redoubler cette mesme ambassade,
Où j'ay derechef eu la mesme rébuffade,
En des termes si crus, avec tant de mépris,
Que moy-mesme pour luy j'en suis encor surpris,
J'ay prévû que ce coup ouvroit à vôtre affaire
Un chemin qui pouvoit en bref vous satisfaire.
J'ay feint pour cét effet que Mascarille entier
Insistoit à haïr le nom de Financier,
Et quoy qu'on puisse dire à ce mot d'importance,
Qu'il ne le supportoit qu'avec impatience,
Tant ce nom luy déplaist; mais qu'un homme d'hon-
neur,
Soit noble, soit guerrier, pourroit gagner son cœur.
S'il ne tient qu'à cela, m'a repliqué Philandre,
Je prétends, cher Ormin, estre bientost son gendre.
On fait tout ce qu'on veut par l'éclat de l'argent,
Aujourd'huy je suis Noble, & demain Commandant.

Sort

Sors d'icy promptement, va dite à la Grippiere
Mon Commis, qu'il m'aporte une longue rapiere,
Un Bufle, un Hauffecol, enfin tous les atours
Que portent dans le Camp nos Majors tous les jours.
Travefty de la forte il va chez Mafcarille
En ce mefme moment luy demander fa fille:
J'ay conduit cette fourbe en ce malheur preffant
Pour nous en mieux aider par fon déguifement.
Il eft temps ou jamais de joüer nôtre rolle,
Surtout prenez bien garde à la moindre parole;
Retournez promptement vous mettre en Officier,
Et vous nommez tout haut Monfieur le Brigadier;
Deux foldats fuffiront pour faire vôtre efcorte,
L'ordre fera donné pour vous ouvrir la porte,
Vous ne manquerez pas d'y trouver ce Monfieur,
Dont vous vous faifirez comme d'un deferteur,
La rufe en eft facile & le tour manifefte;
Obfervez bien cela, je vous répons du refte;
La Taillade eft fon nom que vous devez fçavoir.

PALMIRE.

Et toy que feras-tu?

ORMIN.

Je feray mon devoir.

Sçachez qu'en vous fervant vous me fervez de mefme,
Et que de là dépend nôtre bonheur extréme:
Vôtre fort & le mien ont un enchaînement,
Et pour nous rendre heureux il ne faut qu'un momét.

PALMIRE.

Je ne puis pénétrer dans toute ta penfée,
Et de tes derniers mots j'ay l'ame embaraffée.

ORMIN.

Je les expliqueray, tantoft vous les fçaurez,
Quand de nôtre bonheur nous ferons affurez.

PALMIRE.

Que ne te dois-je point!

B

ORMIN.

Laiſſons-là je vous prie
Tous vos remercimens aprés la Comedie ;
Faites de vôtre part tout ce que je vous dis,
Et nos ſouhaits ſeront dans ce jour accomplis.

Seul.

Quoy ! mon frere n'a pû jamais me reconnoître
Sous ce déguiſement où l'on me voit paroître !
Il faut avoir ſurpris adroitement ſes yeux ;
Et ceux de mon ingrat n'ont pas pénétré mieux ;
Il eſt vray qu'il me croit dans la demeure ſombre
Où de nous en mourant il ne reſte qu'une ombre ;
Mais puiſque je ſurvis à mon fatal malheur,
Je dois porter un frere à vanger une ſœur.

Fin du premier Acte.

ACTE II.

SCENE PREMIERE.

ORMIN, CRISPIN.

ORMIN bas.

RIEN ne peut égaler l'excez de son offence,
Et quoy qu'il en arrive il faut rompre silēce.
Crispin, je te rencontre icy fort à propos.

CRISPIN.

Parle, que me veux-tu ?

ORMIN.

Te dire quatre mots ;
C'est icy que Palmire a besoin de ton zéle ;
Et moy qui te connois fort discret & fidelle,
De tous les serviteurs le plus prompt & subtil,
Je te choisis exprés.

CRISPIN.

Dequoy donc s'agit il ?

ORMIN.

D'empescher promptement l'hymen qui se va faire
De Philandre & d'Arminde.

CRISPIN.

Eh ! qui peut le contraire ?

ORMIN.

Faisant de point en point ce que je te diray,

Tu le peux détourner.

CRISPIN.

Bien donc, parle, & j'iray:
Mais ne t'amuse pas à me faire une piece.

ORMIN.

Non, c'est pour enlever une jeune Maîtresse
Que ton Maître ne peut avoir sans ton secours.

CRISPIN.

Puisque c'est tout de bon, dy moy vîte, & j'y cours.

ORMIN.

Il faut auparavant que tu sçaches l'affaire,
Qui fait toute ma honte, & qui me desespere.
Apprens-là donc Crispin. Ton innocente erreur
De Palmire amoureux en moy trouve la sœur;
Reconnois, cher Crispin, la constante Roselle
Que le Traître Philandre autrefois trouva belle,
Et qui depuis charmé de mille objets divers,
En n'aimant rien du tout, aime tout l'Univers.
Ta Sœur de nos amours fut seule confidente,
Lors qu'il sçeut triompher de ma vertu mourante;
Regarde de sa foy le gage infortuné,
L'Anneau qui de sa part alors me fut donné,
Ou plûtost d'un Tyran indigne de la vie,
L'instrument qui fait voir la noire perfidie.
Aprés avoir long-temps, mais inutilement
Attendu le retour de cét ingrat amant;
Connoissant qu'il brûloit d'une nouvelle flame,
Et qu'il avoit banny la raison de son ame,
Un jaloux desespoir m'obligea de tenter
Tout ce que ma vengeance a voulu me dicter;
Et comme tout mon soin à le perdre s'applique,
Je me suis travestie en simple domestique,
Pour plus facilement découvrir ses amours,
Et s'il se peut enfin en prévenir le cours.
Tu ne me réponds rien, quel trouble te surmonte?

CRISPIN.

CRISPIN.

Je n'en ſçais rien, ſinon que je rougis de honte;
N'importe, puiſque c'eſt pour le meſme intereſt,
Roſelle, vous ſervir eſt tout ce qui me plaiſt.
Que ne m'eſt-il permis d'attaquer le perfide!
Vous verriez à l'inſtant un courage intrépide,
Qui prendroit tout le ſoin qu'il faut pour vous vanger.

ORMIN.

Je ne cherche, Criſpin, rien qu'à me ſoulager.
Retien toy, mais ſur tout prens garde à ne rien dire
De mon déguiſement à mon frere Palmire ;
Il n'eſt pas encor temps qu'il le doive ſçavoir,
A moins que mon ingrat n'oubliaſt ſon devoir,
Philandre ſe croyant prés de ſon hymenée,
Et dans une heure au plus l'affaire terminée,
A changé d'équipage, & dans un autre eſtat,
D'un Commandant d'armée affecte icy l'éclat.
Sa curioſité toûjours extravagante,
Autant que ſon amour, pour moy fut inconſtante,
D'un Nécromancien veut avant tout ſçavoir
Quel bon ou mauvais ſort ſon hymen doit avoir.
C'eſt-là le dernier coup dont mon eſpoir ſe flate ;
C'eſt là qu'il faut auſſi que ton adreſſe éclate;
Tu ne t'en peux dédire, il faut, mon cher Criſpin,
Qu'en ce jour on te voye & prophete & devin.
Ne me refuſe pas cette faveur derniere,
Je te ſatisferay de la belle maniere.
Va prendre un habit noir, & reviens ſur tes pas,
L'affaire preſſe.

CRISPIN.

Soit, je n'y manqueray pas:
Auſſi-bien ſuis-je expert dans la blanche magie,
Et je me meſle un peu de la Chiromancie.

ORMIN.

Sauve-toy, je l'entends.

C

CRISPIN.

Je vay me travestir,
Et dans quelques moments sans faute revenir.

SCENE II.
PHILANDRE, ORMIN,

PHILANDRE.

ORmin, as-tu trouvé ce Diseur d'avanture?
ORMIN.
Ou plûtost cét Oiseau de malheureux augure,
Ce Diable déchainé, Sorcier, Magicien,
Pour tout dire en un mot ce Nécromancien.
J'en tremble de frayeur; ô Dieux! le vilain homme,
S'il me revoit jamais je veux bien qu'on m'assomme;
Ne m'y renvoyez plus, ou je vous quitteray;
Pour tout autre sujet je vous obéïray.
PHILANDRE.
Qu'as-tu vû? d'où te vient cette terreur panique?
Parle-moy nettement, je veux que l'on s'explique,
ORMIN.
Un Savetier, Monsieur, parlant avec honneur,
M'ayant montré de loin où vôtre Devineur
Avoit accoûtumé de faire résidence,
Afin de debiter sa damnable Science;
Comme je m'en allois pour lever le marteau,
Une vieille sans dents m'a dit, mon fils, tout beau;
Vous venez, je le sçay, de la part de Philandre
Voir Monsieur Palemon; entrez il va descendre;
Je la suis pas à pas, & marchant lentement
Je passe dans l'horreur de son appartement.

Elle m'ouvre à la fin la Salle de derriére,
Où jamais en plein jour on ne voit de lumiere,
Mais une Lampe obscure y jette un jour épais,
Dont à peine on pourroit distinguer les objets.
Quelques moments aprés un homme épouventable
M'a justement paru comme on dépeint un Diable;
Sa barbe d'un grand pied pour le moins en longueur,
A sa noire Soutane est égale en couleur;
Un grand chapeau qu'il tient enfoncé sur sa tête
Redouble la laideur de cette horrible bête:
Les yeux colez à terre, & toûjours marmotant
Des termes inconnus que personne n'entend,
Il s'est à mesme temps assis dans une chaise,
Tenant un gros chat noir qu'il caresse & qu'il baise.
Enfin auprés de luy j'ay fait tout mon devoir,
Disant que vous aviez grand desir de le voir.
Je connois, m'a-t-il dit, le sujet de sa peine,
Et je puis l'éclaircir du trouble qui le gêne:
Mais vous qui dans ce trouble avez plus d'intérest,
Si vous voulez m'aimer, vous sçaurez quel il est.
C'est un secret qui doit contenter vôtre envie,
Puisque de vos souhaits elle sera suivie.
A ces mots sur mon front une froide sueur
M'a fait presque tomber de foiblesse & de peur.
Luy, voyant à quel point mon ame s'est troublée,
A soudain appelé cette vieille endiablée,
Qui pour me rassurer a fait tous ses efforts,
Mais rien jusques à temps que j'aye esté dehors.
La vieille enfin m'a dit que sans vous faire attendre
Il ne manquera pas prés de vous de se rendre:
J'en suis à demy mort.

PHILANDRE.

    Ce n'est rien que cela;
C'est l'ordinaire abord de toutes ces gens-là.
Ormin, retire-toy, le voicy qui s'avance;
Qu'on nous laisse icy seuls.   C ij

SCENE III.

PHILANDRE, PALEMON.

PHILANDRE.

Monsieur, la connoissance
Que vous donne vôtre Art des choses à venir,
Me fait vous consulter pour vous entretenir
D'un scrupule importun dont la fin m'embarasse.

POLEMON.

Il n'est rien que pour vous volontiers je ne fasse;
Vous n'avez qu'à parler, & me prescrire en quoy
Vôtre esprit inquiet veut se servir de moy.
Je puis tout sur les Cieux, sur la Terre & sur l'Onde,
Et soûmets à mon gré cette Machine ronde;
Je dispose de l'air ainsi que je le veux,
Tantost je le rends clair, & tantost ténébreux;
Dans le plus grand serain j'amene les nuages,
Je fais fondre où je veux les plus rudes orages,
La foudre & les carreaux sont par moy balancez,
Et c'est où j'ay voulú qu'ils ont esté lancez.
Je sçay les qualitez de toutes les Planettes,
Des Constellations, des Signes, des Comettes;
Je puis les faire agir, je puis les détourner,
Guerir par mes secrets les maux ou les donner;
Eteindre ou faire naître une flame nouvelle,
De deux Amants unis rompre le nœud fidelle.
Les Philtres amoureux, les Compositions,
Les Anneaux constellez, les incantations,
La Poudre sympathique, & tous les venefices

Sont de nôtre métier les premiers exercices.
Pour pouvoir pénétrer dans le fort des Amants,
Nous avons le secours de tous les Talismens ;
Le Secret du Transport, & la Lycanthropie
Font le plus haut degré de nôtre Art ou Magie :
Nous pouvons sans scrupule à present professer
Cette haute Science, & mesme l'exercer,
Depuis que quelques fous en ont fait raillerie,
Et vouloient la traiter de pure réverie ;
Grace a leur ignorance & caprice brutal,
Quoy qu'il en soit, cela ne nous fait point de mal,
Je possede une force à nulle autre commune,
Pour prédire la bonne ou mauvaise fortune.

PHILANDRE.

Arrétez, c'est tout droit où je vous attendois.

POLEMON.

Je vous satisferay, Monsieur, comme je dois.

PHILANDRE.

Puisqu'il faut qu'à l'hymen aujourd'huy je m'engage,
Je vous veux consulter touchant mon mariage,
Et comme ce passage est un peu dangereux,
Qu'il fait péu de contents, & bien des malheureux,
Moy dans l'âge où je suis, riche & fort à mon aise,
Je ne me veux charger de rien qui me déplaise ;
Je cherche seulement de l'amour, du plaisir,
Et rien qui puisse faire obstacle à mon desir.
Arminde, je l'avouë, est assez jeune & belle,
Mais si je prétendois qu'elle fust infidelle,
Qu'elle pust écouter quelqu'un à ses genoux,
Ma foy dés à present je ne suis plus époux.
Jadis je me meslois de la galanterie,
Et faisois de bon coups dans la coquetterie ;
Mais à present je veux de solides amours
Pour passer sans chagrin le reste de mes jours.
Deux ans se sont passez depuis qu'une Roselle

En eut pour m'avoir crû bien avant dedans l'aile.
On pourroit m'accuser d'un peu de cruauté,
Mais on rit à present de l'infidelité.
Aprés m'estre emparé de toute sa tendresse,
Ne la traitant qu'en femme & non plus en maîtresse,
Mon cœur se trouva las de se voir enchaîné,
Je partis sans rien dire, & je l'abandonnay ;
Je n'en ay rien ensuite appris d'aucune sorte,
Sinon qu'en accouchant on m'a dit qu'elle est morte.
Dites-moy promptement que doit il arriver
De celle que le sort m'a voulu réserver?

PALEMON.

Auparavant, Monsieur, que de vôtre avanture
Je puisse découvrir la moindre conjecture,
J'ay besoin du secours de quatre Farfadets,
Qui pour mieux deviner me servent de valets.

Il frappe du pied.

Venez mes Confidents, accourez à cette heure,
Quittez pour un moment vôtre noire demeure.

Au mesme instant paroist sortant de dessous le Theatre une table couverte de noir, un miroir appuyé par un chat, & d'une patte tenant une Sphere, & quatre Lutins en pantalons noirs, qui dansent une entrée.

PHILANDRE.

Les vilains Estaffiers, je tremble de frayeur.

PALEMON.

Vous paroissez ému, rassurez-vous, Monsieur.
Ecoutez seulement des vers mis en musique,
Où le fatal arrest de vôtre hymen s'explique ;
Tel le veulent les Dieux, & telle en est la loy ;
Ne me demandez pas ny comment, ny pourquoy.

Les Lutins après avoir dancé, chantent ces vers.

Quand la rigueur du sort a prescrit une chose,
 On luy résiste en vain,

Il faut quoy qu'un amant dans son cœur se propose,
Obeïr au destin.
Si sa severe loy paroît inévitable,
Ce n'est que pour un bien;
Un Amant infidelle est toûjours trop coupable
Quand il rompt son lien.
Quelque soin qu'il ait pris pour changer de Bergere
Il n'y peut réüssir,
Et souvent il s'engage avecque la premiere,
Quand il pense la fuir.

POLEMON.

L'astre prédominant lors de vôtre naissance,
Aux loix d'un seul hymen borna vôtre espérance.

PHILANDRE.

Seray-je donc cocu, Monsieur?

POLEMON.

Je n'en dis rien;
Non, si vous épousez une fille de bien.

PHILANDRE.

Qui donc de m'épouser aura la préference?

POLEMON.

Une que vous traitez avec indifference.

PHILANDRE.

Qui s'appelle?

POLEMON.

Il n'est pas permis de la nommer,
Il suffit qu'autrefois elle vous pût charmer.

PHILANDRE.

Quand la dois-je épouser?

POLEMON.

Cette mesme journée
Il faudra malgré vous en signer l'hymenée.

PHILANDRE.

Malgré moy? non, cela ne se fera jamais,

Je n'y soufcriray point , & je vous le promets.
Je prendrois par contrainte une fille inconnuë;
En l'art de deviner vous avez la berluë,
Vous n'eftes qu'un rêveur.

POLEMON.

                    Tout ce que vous voudrez,
Le fort l'ordonne , en vain vous luy réfifterez.

PHILANDRE.

C'eft donc pour me railler , infame Canibale
Que tu viens des Enfers évoquer ta cabale:
Et vous petits Lutins , Farfadets , Lougaroux,
Sçachez que j'ay des gens bien plus diables que vous.
Que l'on fafle venir mes quatre Rats de Cave,
Grezillon , Happetout , la Montagne , Guftave,
Chaflez-moy promptement tous ces monftres hideux;
Ah ! que je me repens d'eftre fi curieux !
Ces prédictions-là funeftes & trompeufes
N'aportent d'autre fruit que des fuites fâcheufes.

Quatre Commis paroiffent armez , à la veuë
defquels les Lutins difparoiffent.

C'eft affez , me voila défait de ces fripons ;
Vous, quand j'appelleray , foyez un peu plus prompts.

à part.

Il faut donc aujourd'huy que Philandre s'engage,
Et que malgré fes dents il figne au mariage;
Je t'en feray mentir Charlatan , impofteur,
Ta fcience n'eft rien qu'un métier d'affronteurs
Je te feray bien voir que ta noire foutane
Dans l'Art de deviner ne couvre qu'un franc afne,
J'y donneray bon ordre , & je vay feulement
Faire chez Mafcarille un fimple compliment.

                                        ACTE

ACTE III.

SCENE PREMIERE.

PALMIRE, ORMIN.

ORMIN.

SI je m'étois plus tard peut-estre déclarée,
J'aurois crû l'entreprise un peu moins asurée.

PALMIRE.

Non, j'aurois achevé le dessein entrepris
Avec le mesme soin que je l'avois promis :
Mais je puis avoüer que dans cét équipage
Je n'aurois pû jamais vous connoître au visage.
La taille ny la voix ne m'ont pas encor dit
Que Roselle à mes yeux paroisse en cét habit :
C'est donc vous avez pû tromper aussi Philandre,
Puisqu'un frere en sa sœur a bien pû se méprendre.
Mais puis qu'il faut agir, agissons de concert,
Et montrons qu'à propos ce changement nous sert;
La ruse en est subtile, & tout ce qui m'étonne
C'est que Philandre encor de rien ne vous soupçonne,
Et que toute l'intrigue est conduite à ce point
Qu'il se voit presque pris, & ne le connoist point.

ORMIN.

Mais sçachez que Crispin, comme j'ay pû l'instruire,
En faisant le Devin a bien sçû se conduire,

D

Et que par là Philandre est fort embarassé
Autant sur son hymen, que sur le temps passé.
Son esprit inquiet ne sçait ce qu'il doit faire,
Et ce tour ne sert pas moins à la sœur qu'au frere.
Mais j'apperçois Arminde & Beatrix aussi.

PALMIRE.

Roselle, laissez-moy l'entretenir icy.

SCENE II.

PALMIRE, ARMINDE,
BEATRIX.

PALMIRE.

OUy, Madame, le feu qui consume mon ame,
A cent fois à vos yeux fait paroître sa flame ;
Mais vous trouvant toûjours cette mesme froideur,
J'ay fait de vains efforts pour vous toucher le cœur.
Malgré tous-mes ennuis & ma perséverance
Garderez-vous toûjours la mesme indifference ?
Ou quelqu'autre Rival plus fortuné que moy
Pourra t-il se vanter d'engager vôtre foy ?
Dans un reste d'espoir dont mon ame se flate,
Permettez qu'aujourd'huy ma passion éclate,
Et ne réduisez pas jusqu'aux extrémitez
Un amant qui sçait trop ce que vous méritez.
S'il n'a pas la fortune, il a de la naissance,
Et son cœur s'affermit sur sa propre constance.
Quelque obstacle qu'un pere oppose à son bonheur,
Ce pere, comme vous, n'en connoist pas le cœur.
Pour vous je serois prest de tenter l'impossible,
Et toutes vos froideurs me rendent plus sensible.

Ouy, Madame, à vos pieds je vous en fais l'aveu,
Et ne puis plus longtemps vous cacher tout mon feu.
Je sçay que le devoir qu'un pere vous ordonne,
Est de suivre la loy qu'il prescrit & qu'il donne ;
Mais le choix pour l'hymen est bien une autre loy,
Elle dépend d'un cœur qui cesse d'estre à soy ;
Ainsi lors que vos yeux par leur pouvoir suprême
M'ont enlevé le mien, il n'est plus à moy mesme :
Peut-estre que bientost le vôtre aux mesmes loix
Se trouvera soûmis, & bornera son choix.
Il faut qu'il se déclare, ou rompe le silence,
Et ne me tienne plus en la mesme balance :
Depuis deux ans entiers mon esprit suspendu
Avec la mesme ardeur a toûjours attendu.

ARMINDE.

Monsieur, quelque panchant que je fasse paroître,
De mon amour mon cœur sera toûjours le maître,
Et sans vous dérober, ny donner trop d'espoir,
Je ne veux m'attacher qu'aux régles du devoir.
Un amant vient à bout de tout ce qu'il espere
Quand il sçait ménager & la fille & le pere.
Palmire, j'en rougis, je vous en trop dit,
Et ce mot qui m'échape à vôtre espoir suffit.
Si vous apprehendez quelque choix pour Philandre,
Je dois m'en consulter avant que de me rendre ;
Ne me pressez donc plus jusqu'à me déclarer.

BEATRIX.

Un amant jusqu'au bout doit toûjours esperer,
Vous voyez que Madame...

PALMIRE.

Augmente encor ma peine,
Et dans ce choix douteux m'inquiete & me gesne.

ARMINDE.

C'en est trop dire, allez, & laissez-moy rêver
Sur le trouble où mon cœur commence à se trouver.

Mon pere doit réfoudre, & dans cette journée
En faveur d'un des deux l'affaire terminée
En doit régler le fort.

PALMIRE.

Helas ! que dites vous ?
Ce pouvoir abfolu....

ARMINDE.

Peut-eftre fera doux.

PALMIRE.

Si l'aveugle intereft emporte l'avantage...

ARMINDE.

Que puis-je vous répondre ?

PALMIRE.

Ah ! ce feul mot m'outrage,
Et dans le defefpoir où je fors de ces lieux...

BEATRIX.

Palmire, helas ! Arminde a les larmes aux yeux,
N'augmentez point fa peine.

PALMIRE.

Arminde...

ARMINDE.

Helas ! je tremble,
Que mon pere ne vienne & ne nous voye enfemble,
Allez donc.

PALMIRE.

J'obeïs, & fors en ce moment,
Helas ! quel rude coup pour un fenfible amant.

SCENE

SCENE III.

ARMINDE, BEATRIX.

ARMINDE.

Approche., Beatrix, dy moy ; je t'en conjure,
Ton dernier sentiment dans cette conjoncture;
Ne me conseille rien qui blesse ma vertu,
Je sens de deux transports mon esprit combatu.
Auquel faut-il des deux que mon cœur s'abandonne,
L'honneur m'en défend un, quand l'amour me l'or-
    donne.
Palmire a sur mes sens un absolu pouvoir,
Mais son dessein me semble & trop lâche & trop noir;
Le naturel dégoust que je sens pour Philandre,
Loin de me rebuter me fait tout entreprendre,
Et ce funeste hymen dont il s'ose flater
Ne me laisse plus rien que je n'aille tenter.
Pour prévenir l'horreur d'un si rude martyre,
Je choisirois la mort plûtost que son empire.
Mais helas! quelque soit l'excez de mon tourment,
J'ay peine à consentir à cét enlevement.

BEATRIX.

Madame, en verité souffrez-moy de vous dire
Qu'avec cette rigueur dont vous traitez Palmire,
C'est trahir le secret de vôtre passion :
A quoy bon tant montrer d'irrésolution?
Si l'on juge d'un cœur par la persévérance,
Le sien doit sur le vôtre avoir de la puissance;
Ne balancez donc plus à seconder ses vœux,
Prenez l'occasion, comme on dit, aux cheveux.

E

Quoy ! négligeriez-vous cét unique avantage
Qui vous tire aujourd'huy d'un si rude esclavage?
Pouvez-vous sans frayeur, prête à vous voir lier
Sous l'inhumaine loy de vôtre Financier,
Regarder de si prés le bord du précipice,
Courir aveuglément aprés vôtre supplice,
En un mot vous donner à cét infame époux?
Je vous en blâmerois & serois contre vous.
L'agreable party que vôtre beau Philandre !
Plûtost que l'épouser je me laisserois pendre.
Je connois là-dessus vôtre tempérament,
Et vous estes bien loin d'un tel abaissement.

ARMINDE.

Voicy venir mon pere.

BEATRIX.

Ah ! nous serions perduës
Si cét esprit bourru nous avoit entreveuës.

ARMINDE.

Demeure, Beatrix, & sur tout retiens bien
La résolution de tout leur entretien.

SCENE IV.

PHILANDRE, MASCARILLE,
BEATRIX.

PHILANDRE.

UN homme comme moy, Monsieur de Masca-
rille,
Auroit-il du mérite assez pour vôtre fille ?
J'ay commandé dix ans un escadron à pié,
Sans que, graces à Dieu, j'en sois estropié.

Le nom de la Taillade est connu dans l'armée,
Et ma valeur a fait toute ma renommée.
Pour prouver sa Noblesse il ne faut à present
Que quatre bons degrez consécutivement.
J'en prouverois un cent, s'il estoit nécessaire,
D'ayeuls, de bisayeuls, enfin jusqu'à mon pere.
Mais à propos de luy, sa noble ambition
Pour la guerre, eut toûjours de l'inclination.
Il se signala fort au Siège de Candie,
Mais malheureusement il y perdit la vie.
Tout ce qui me console en ce malheur dernier,
C'est qu'il mourut en Noble, & non en Roturier.
Dans le plus rude assaut, le meurtre & le carnage,
Ce brave homme s'étoit posté dans le bagage,
Il y tenoit son rang en genereux Guerrier;
Mais les nôtres enfin obligez de plier,
Et voyant qu'il faloit ceder à la tempête,
Un Turc vint par derriere, & luy coupa la tête:
Helas ! j'en ay porté plus de trois an le dueil,
Et le seul souvenir m'en met la larme à l'œil.
Voila prouver assez l'éclat de ma naissance,
Sans qu'on ose y nommer la moindre dérogeance.
Aucun Bourgeois chez nous n'ayant pû s'allier,
Je puis mesme prétendre au Rang de Chevalier.

MASCARILLE.

Aprés les grands exploits que je viens de comprendre,
Je tiens à grand honneur de vous avoir pour gendre.

PHILANDRE.

Je le croy ; vôtre fille en est de mesme aussi,
Faites-la donc, Monsieur, un peu venir icy.

à part.

Elle voudroit déja bien me tenir.

MASCARILLE.

De grace,
Tant plus je m'étudie aux traits de vôtre face,

E ij

Et plus je vois l'objet que j'ay veu dans Senlis.
Ne seroit-ce point vous ?

PHILANDRE.

                    Non , mais bien à Paris,
Dedans le Luxembourg , & mesme aux Tuilleries,
Je m'y suis signalé par mille batteries ;
En bataille termée , ou combat singulier,
J'étois aux Rendez-vous sans cesse le premier.

MASCARILLE.

Parbleu, dans mon esprit je ne me puis méprendre,
C'est vous que je cherchois , c'est vous, Monsieur Phi-
      landre;
Je ne vous avois veu vêtu qu'en Financier,
Maintenant je vous vois faire le Cavalier.

PHILANDRE.

Je ne le connois pas ; vôtre erreur est extrême

MASCARILLE.

Hé quoy ! n'êtes-vous pas Fermier du Quatriéme
Là , là , souvenez vous que plus de trente fois
A vous-mesme au Bureau j'en ay payé les Droits.

PHILANDRE.

Pour qui me prenez vous ? pour quelque Rat de cave?
C'est me faire un affront ?

MASCARILLE.

                    En seriez-vous moins brave !
Dans les Fermes du Roy l'on ne déroge pas.

PHILANDRE.

Un vray Noble auroit-il des sentimens bas ?

SCENE V.

PHILANDRE, MASCARILLE, ORMIN.

ORMIN à *Mascarille.*

UN Officier de guerre, & d'une mine altiere,
Demande à vous parler.

MASCARILLE.

Nous sommes en affaire.

ORMIN.

Mais il m'a dit, Monsieur, que c'est de par le Roy.

MASCARILLE.

Sans doute c'est à vous, Monsieur, non pas à moy.
Qu'il entre.

SCENE VI.

MASCARILLE, PHILANDRE, UN BRIGADIER, ORMIN.

LE BRIGADIER.

AH, je vous tiens, Monsieur de la Taillade,
Vous qui voulez en lâche esquiver ma brigade,
Et mettant sous le pied tous sentimens d'honneur,
Estes icy venu faire le Deserteur:
Je vous fais prisonnier.

MASCARILLE.

Arrétez, je vous prie.

PHILANDRE.

Moy, je ne fus jamais engagé de ma vie.
Je renonce à la guerre, & mon unique employ,
N'est que de me mêler des affaires du Roy.
J'arrive de Senlis pour épouser la fille,
Tel que vous me voyez, de Monsieur Mascarille;
Il m'en vient d'assurer, & dedans un moment
Elle va recevoir la foy de son amant.

MASCARILLE.

Vous, épouser ma fille! adieu, Monsieur Philandre,
Puisque vous desertez, il faut vous faire pendre.
J'aymois tantost en vous de belles qualitez;
Mais recevez icy ce que vous méritez.
Le joly Capitaine! allez, faites justice,
Monsieur le Brigadier, vous sçavez vôtre office.
Sa mine ne vaut rien; je serois à l'instant,
Sans vôtre ordre, vangé d'un affront si sanglant.
Si pourtant la pitié pouvoit toucher vôtre ame,
Je vous conseillerois de lâcher cét infame,
Et puisque vous sçavez qu'il est homme opulent,
Commuez son supplice en bon nombre d'argent.

PHILANDRE.

Eh! Monsieur, un billet payable à lettre veuë;
De vous en mon Bureau mesme somme receuë.

LE BRIGADIER.

De combien, d'y poltron? de trente mille francs?
Est-ce trop?

PHILANDRE.

Non, Monsieur.

LE BRIGADIER.

Ecrv donc.

PHILANDRE.

J'y consens.

LE BRIGADIER.

C,a, vîte du papier....

à Mascarille.

Vôtre seule priere
Fait que presque pour rien je le tire d'affaire.

ORMIN *bas.*

Tout va bien jusqu'icy, son hymen est rompu,
Palmire a déja fait pour moy ce qu'il a pû ;
Mais je puis espérer encor bien plus du reste.

PHILANDRE *bas.*

O dieux ! l'horrible affront ! dans mon cœur j'en déteste.

SCENE DERNIERE.

MASCARILLE, PHILANDRE, UN EXEMT, avec deux Archers, PALMIRE, ORMIN, ARMINDE, BEATRIX.

L'EXEMT.

L'Ordre de vous saisir qu'on me vient d'aporter,
Vertu d'un Mandement, me fait vous arréter.

PHILANDRE.

Mon petit Compagnon, vous avez la berluë.

L'EXEMT.

Et vous, amant trop fier, vôtre peine est perduë.

PHILANDRE.

Lisez ce Mandement.

L'EXEMT.

Ouy, ouy, je le liray,
Il est comme il le faut sur du papier timbré.

Veu de la part d'Orgon la plainte criminelle,
Sur l'enlevement fait de sa fille Roselle,
Philandre convaincu par l'Information,
D'avoir depuis deux ans commis cette action,
Et de plus, non content de l'avoir abusée,
De la garder encor avec luy déguisée,
Sous le titre d'Ormin, en habit de Valet,
Pour venir rendre icy raison de son forfait,
Sera par le pouvoir que la Cour vous en donne,
Arrêté prisonnier, puis conduit en personne
Aux prisons du Palais, & s'il fait le retif,
Qu'il nous soit sans defaut amené mort ou vif.

PHILANDRE.

Quoy, Roselle est Ormin ! ô Dieux ! quelle surprise!
Où donc estoient mes yeux, quand chez moy je l'ay
    prise,
Pensant prendre un Valet ? Si j'en suis abusé,
Je dois estre puny d'en avoir mal usé.

PALMIRE.

Traître, il faut maintenant que t'arrachant la vie,
Je t'immole à ma sœur que tu nous as ravie,
Son honneur & le mien qui veut estre vangé,
Ordonne que tu sois de ma main égorgé.
Ah! c'est trop differer.

Il tire l'épée.

Qu'en dites-vous, Roselle?

ORMIN.

Ah! mon frere, écoutez cét amant infidelle.

PHILANDRE.

Quoy ! Roselle, mon sang à vos yeux répandu ..

ORMIN.

Ouy, traître, tout ton sang à mon honneur est dû.

Sous

Sous ce déguisement je t'ay voulu poursuivre ;
Mon honneur veut ta mort.

PALMIRE.

Il va cesser de vivre.

PHILANDRE.

Tout beau, tout beau, Monsieur, je vous satisferay.

PALMIRE.

Comment pourras tu faire ?

PHILANDRE.

Hé ! je l'épouseray.
Je croy qu'aprés cela vous n'aurez rien à dire.

L'EXEMT.

Je veux vous accorder, Armidde aime Palmire,
Ne vous oppofez plus, Philandre, à leur bonheur,
Consentez en l'hymen en époufant fa fœur,
Par là vous préviendrez l'infaillible vangeance,
Qui fans doute fuivroit l'excez de vôtre offenfe.

PHILANDRE.

Je foufcris volontiers à cette aimable loy,
Rofelle, encore un coup, recevez donc ma foy.

ORMIN.

Mon frere, croyez-vous ma gloire affez vangée ?

PALMIRE.

L'hymen efface tout. Je vous vois foulagée,
Et vôtre honneur par là reprend tout fon éclat ;
Ouy, donnez-luy la main, & mefme en cét eftat.

L'EXEMT à *Mafcarille*.

Faites le mefme effort, Monfieur de Mafcarille.

MASCARILLE.

Ouy, Palmire, aujourd'huy je vous donne ma fille.

PALMIRE.

A l'égard du billet de trente mille francs,
A ces conditions, Monfieur, je vous le rends.

BEATRIX.

On appelle cela recevoir en peinture

F

Les deniers de la dot d'une épouse future.
C'est encore beaucoup pour de semblables gens,
Tous ces gros Financiers ont de l'or en tout temps,
Une fille pour luy, jeune, bien faite, & sage,
Et de l'argent comptant ; c'eust esté grand dommage,
C'est ce qu'un honnête homme a peine à remporter.

PHILANDRE.

Il faut donc pour l'hymen aller tout apprester,
Qu'une fille amoureuse est une chose estrange !
C'est un Diable souvent quand on la croit un Ange.
Allons, puis qu'il le faut, allons nous marier,
Et par un double hymen nous réconcilier.

FIN.